KB199470

The plant is
coming

다가오는 식물

The plant is
coming

다가오는 식물

백은영 식물 드로잉

북노마드

'마음을 쏟는 대상을 수집할 때의 문제는 수가 아니라 얼마나 그걸 이해하고 사랑하는지,
그 기억이 내 안에 얼마나 선명히 머물러 있는지가 중요하다.'

밑줄 그은 하루키의 문장이 문득 떠오른다.

요즘 내가 마음을 쏟는 대상은 바로 '식물'이다.
그 시작은 '무엇을 그릴까'였다.
하고 싶은 말도, 표현하고 싶은 것도 사라져 불안할 때 '식물'이 다가왔다.

매일 똑같은 일상, 익숙한 것에 둘러싸여 더이상 궁금하지 않을 때, 아무것도 모르지만
매력적이고 아름다운 식물을 알아가는 것이 재미있었다.
그렇다고 식물 전문가는 아니다. 기억력이 좋지 않은 나는 알게 된 걸 금세 잊어버린다.
하지만 그냥 '꽃'이 아닌 그 꽃의 '이름'을 부르며 스치듯 내 마음속에 선명히 머물다 간
꽃과 나무를 그리는 일이 즐겁다.
식물은 자신의 이야기를 들려주고, 요즘의 내 마음을 돌아보게 한다.
그렇게 2013년 말부터 지금까지, 산책하듯 좋아하는 식물들을 수집하고 그리며
나만의 정원을 만들어 나갔다.

누구나 자기만의 '정원'이 있다.

내 마음을 빼앗고 나를 기분 좋게 만드는 것들로 둘러싸인 곳.

시간과 공간이 허물어지는 곳.

그 속에서 우리는 홀로 조용히 상상하고, 생각하고, 마음을 들여다보며 묻고 답한다.

현실에서 잠시 벗어나 내면으로 산책하는 공간.

그곳에서의 쉼이 일상의 삶을 살아가게 하는 힘이 된다.

나는 식물을 그린다.

내가 식물을 그리는 건

나만의 정원을 돌보고 가꾸는 작은 몸짓이다.

2017년 여름,

백은영

그저 내 눈앞 화단에 피어 있는 꽃을 감상하는 것이 아니라

사방이 꽃으로 둘러싸여 꽃 속에 들어앉은 형국이 되니

결국 세상 자체가 꽃이 된다.

여기서는 꽃을 통해서만 세상을 바라볼 수밖에 없다.

꽃물이 들고 꽃향기가 배어 스스로 아름다워진 것 같은 느낌을 가지고

우아한 걸음걸이로 세상에 다시 나가게 되는 것.

인간도 꽃이 될 수 있다.

— 『일곱 계절의 정원으로 남은 사람 – 정원 왕국의 칼 대제, 피르스터를 만나다』 중에서

우리 곁에 머무는 이들 덕분에,
부드러움과 기쁨, 두려움 덕분에,
바람에 흩날리는 작은 꽃에게서도
황홀한 깨달음을 종종 찾을 수 있나니.

— 윌리엄 워즈워스 〈영원의 송가〉 중에서

Part

1

나의 정원

바라보는 식물

틸란드시아 이오난사

Tillandsia Ionantha

꽃과 식물을 좋아하며 처음으로 내 공간에 둔 것은 틸란드시아다.

틸란드시아는 잎에 있는 미세한 솜털로 영양분을 흡수한다.

우리 눈에 보이지 않는 수분과 먼지, 유기물을 먹고

밤에는 산소를 만들어내는 기특한 식물이다.

가끔 내 안의 걱정과 불안, 울적한 기분이

밖으로 나와 공기에 떠다닐 때

틸란드시아가 하나씩 흡수해주지 않을까 상상한다.

베개 밑에 두고 자면 걱정을 가져간다는 '걱정인형'처럼

나는 이 식물을 내가 잠들고 눕는 머리맡에 둔다.

1 5

녹색 잎

식물을 좋아하지만 키우는 건 늘 어렵다.

일주일에 몇 번 물만 주면 된다는 말을 흘려듣고, 나중에는 그것조차 깜박한다.

그렇게 관심이 멀어진 사이 서서히 시들어간다.

키우기 쉽다는 건 조금만 신경 쓰면 된다는 편리함으로 여겼다.

식물이 죽으면 나는 무엇을 돌보는 일에 익숙하지 않은,

섬세하지 못한 아이라고만 생각했다.

그렇게 나는 어떤 식물과도 특별한 관계를 맺지 못했다.

아름다운 것을 사면 머지않아 죽어갔고,

시간이 지나 그 사실을 잊고 또다른 식물을 샀다.

그래도 식물을 곁에 두고 싶은 건 서툴지만 알아가고 싶은 마음 때문이다.

어디에서 왔는지, 무엇을 좋아하는지,

어떻게 하면 기분이 좋은지, 무엇을 하면 슬퍼지는지 관심을 갖고

매일 조금씩 알아가는 것.

그때쯤이면 나도 어떤 식물과 특별한 사이가 되지 않을까.

아라우카리아

아라우카리아는 잎 모양이 특이하다.

층을 이루며 뻗어 나오는 가지에 잎이 가시처럼 촘촘히 달려 있다.

날카로울 줄 알았는데 부드러워 뾰족한 잎을

나도 모르게 계속 만지게 된다.

호주에서는 50-70미터까지 자라는 나무이지만,

내가 데려온 아이는 생장점을 잘라서 1미터도 채 자라지 않을 거라고 했다.

정말 그 한계까지만 자라게 될까.

매일 책장에 두고 보는데도 어제까지 보지 못했던 새 잎이 돋았다.

밝은 녹색 잎도 더 짙어졌다.

이름 모를 풀

글을 쓰는 손

머리를 쓰다듬는 손

어깨에 묻은 작은 먼지를 떼어주는 손

책장을 넘기는 손

뒷사람을 위해 문을 잡고 있는 손

슬퍼하는 친구의 등을 두드리는 손

서툴게 무언가를 만드는 손

이름 모를 풀을 그리는 손.

손으로 느끼는 삶을 살고 싶다.

에키놉스

마음에 드는 꽃병을 샀지만 꽃이 없었다.

어울리는 꽃이 나타날 때까지 그냥 두다가

에키놉스 한 다발을 사서 꽂아두니 딱 이 꽃병의 주인이었다.

뾰족한 잎이 뭉쳐 동글동글한 모양이

장난기 가득한 우주의 작은 행성 같았는데,

매일 물을 갈아주니 잎 끝에서 조그마한 꽃이 피었다.

시간이 지나 시들해질 무렵 자연스럽게 건조시키자

처음에는 은은한 빛의 초록 꽃이

푸른 보랏빛으로 변하고, 잎도 갈색으로 변했다.

살짝 만지면 바스락거리며 가루가 날리더니 흩어져버린다.

에키놉스의 꽃말은 '아이 같은 마음'이다.

유칼립투스 시네리아

누렇게 바랜 책에서

비 내리는 날 축축하게 젖은 땅에서

　　학교 앞 오래된 문구점에서

　　　새 물감을 짜놓은 팔레트에서

　　　　　엄마가 덮고 잠든 이불 속에서

머리맡에 둔 유칼립투스에서

나는 기분 좋은 향.

희귀한 식물을 보고 마음이 빼앗겼다.

한참을 찾아 드디어 이름을 알아냈다.

뱀무 속의 렙탄스.

알프스 산맥, 발칸반도 같은 협곡이나

돌더미 젖은 바위에서 자라나는 고산식물이다.

7-8월에 꽃이 피고, 색은 노란색,

열매는 붉은 갈색이며 깃털이 달린 희귀 보호식물이다.

실제로 만나기 힘든 식물을 그리면

머나먼 알프스산맥 어딘가의 꽃도 내 공간에 둘 수 있다.

프로테아 롱기폴리아

Protea Longifolia

이국적인 꽃을 보면 어디서 태어났는지,

어떤 사연이 있는지 궁금해진다.

'프로테아 롱기폴리아'라는 이름의 꽃은 남아프리카에서 왔다.

롱기폴리아는 '긴 잎'이라는 뜻이고,

프로테아는 자유자재로 변신하는 바다의 신 프로테우스에서 나왔다.

그래서 프로테아 종류만도 수십 가지가 넘고 모양도 다양하다.

꽃은 특이하게 불에 타야만 종자를 퍼트릴 수 있어서 산불에 의존해 번식한다.

씨앗에는 화재 후 바람에 흩어져 토양에 정착하도록 부드러운 털이 달려 있다.

가장 뜨겁게 타오르고 끝의 지점에서

또다시 새로 시작하는 꽃.

어딘가 동물을 닮아서 묘하다고 생각했는데

맞다! 원숭이 얼굴을 꼭 닮았다.

'원숭이 난'이라고 불리는 이 식물은 드라큐라 속이고,

여러 종 가운데 내가 본 난은 드라큘라 베네딕트였다.

아래 꽃잎에서 만들어진 기다란 부분이

드라큘라의 긴 송곳 같아서 이런 이름을 갖게 되었다.

베네딕트Benedictii라는 이름은 이 종을 발견한 체코의 정원사이자 여행자였던

베네딕트 로즐Benedikt Roezl의 이름을 따서 붙였다.

사고로 손을 잃어버렸는데도 세계를 여행하며

800종이 넘는 난초를 발견한 식물수집가였다.

한 손에는 책을, 한 손에는 식물을 든 그의 동상을 보며

난초의 어떤 매력이 그의 마음을 흔들어

세계를 여행하게 만들었을까 궁금해졌다.

하얀 꽃

꽃을 살 때는 기분이 좋지만

점점 시들어가는 꽃을 보는 건 속상하다.

드라이플라워

식물도 유행이 있는 걸까.

드라이플라워가 자주 보여 한 다발 샀다.

가장 예쁜 상태로 말라 있어서 시들 일이 없고, 오래 둘 수 있어 좋았다.

하지만 시간이 지나며 그 꽃을 보지 않게 되었다.

변하지 않고 그대로 있으니 식물이 아니라 예쁜 장식물이 되어버렸다고 할까.

잎은 갈색으로 변하고 줄기는 고개를 숙이고,

고릿한 냄새를 풍기니 더이상 아름답지 않았다.

꽃잎이 시들면 나는 꽃병의 물을 자주 갈아주고,

햇빛을 쐬어주기 위해 베란다 밖에 꽃을 두고,

먼지를 닦으며 향기를 맡지 않았던가.

피고 지는 짧은 꽃의 생을 지켜보는 것.

꽃의 모든 모습을 사랑하고 싶다.

하얀 꽃다발

홀로 존재감을 풍기는 꽃,

화려하지 않지만 어떤 것과 함께해도 어울리는 꽃,

기분 좋은 향기를 가진 꽃,

향기는 없지만 고운 빛깔의 꽃,

활짝 피어 있는 꽃,

망울만 맺히고 아직 피지 않은 꽃.

누군가를 만나 사랑하고 함께하는 건

서로 다른 색, 모양, 향기, 시간이 어우러져 하나의 꽃다발을 완성하는 것.

혼자여도 좋지만 함께해서 더 풍성하고 아름다운 일.

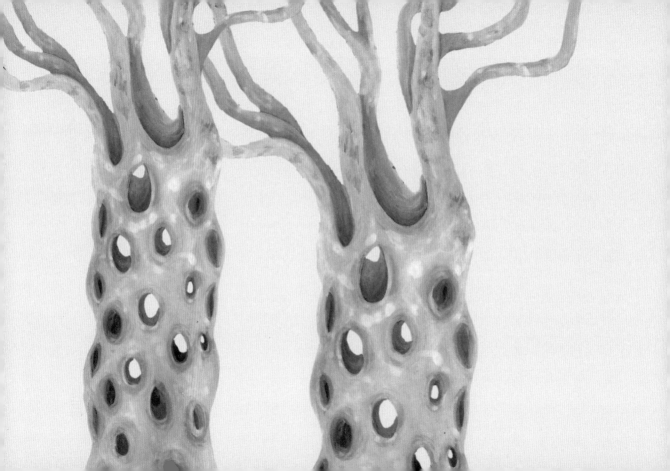

바구니 나무

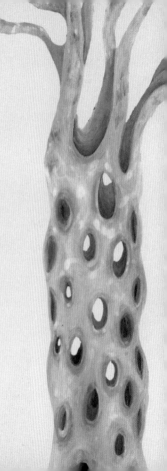

스웨덴 농부 엑슬 얼랜드슨Axel Erlandson은 자신과 가족을 위해

나무를 만들기 시작했다.

종이에 디자인하고 지정된 패턴으로 나무를 세우고,

가지치기를 하고 나무들을 접목시켜 기이한 나무를 만들어냈다.

이름은 '서커스 나무.'

그는 수십 년간 자신만의 비법을 공개하지 않았다.

하지만 아이들이 "어떻게 나무가 이렇게 자라요?"라고 물으면 이렇게 말했다.

"나는 나무와 이야기한단다."

알로에 베라

푸름은 왜 우리 마음을 편안하게 할까.

초록을 가득 담고 눈을 감으면 온몸이 초록빛으로 물든다.

식물은 보는 것만으로도 명상이 된다.

Part

2

마음의 정원

이야기 식물

숨기지 못하는 눈빛

친구들이 "어떤 사람이 좋아?"라고 물을 때마다
"소년 같은 사람"이라고 말했다.

좋아하는 것을 아이처럼 신나서 말하고,
그 눈빛을 숨기지 못하는 사람.

그런데 오늘 누군가 내게 말했다.

"좋아하는 걸 말할 때 당신 눈이 반짝거려요."

선인장

바꾸려 하지 않아도

같이 있으면

나를 나답게 하는 좋은 친구들이 있다.

이름 모를 꽃

아름답다고 생각하는 순간을 매일 한 장의 사진으로 남기는 사람.

오늘은 물웅덩이마다 폴짝폴짝 뛰며

바지가 젖어도 개의치 않는 아이를 찍었다고 했다.

하루에 하나씩 익숙한 틀을 깨고 싶다는 사람.

어제는 평소보다 일찍 나와 다른 길로 출근하고,

오늘은 눈뜨자마자 스마트폰을 보는 대신

창문을 열고 아침 공기를 크게 마셨다고 했다.

나는 매일 1초의 영상을 담는다.

오늘은 물감을 풀고 색을 섞어 꽃잎을 그리는 내 손을 찍었다.

잊고 싶은 순간, 기뻤던 순간, 별일 없던 순간을 담으면

힘든 일은 잠깐처럼 느껴지고

행복했던 순간은 그날의 장소, 사람, 소리⋯⋯ 모든 것이 생생하다.

1초가 1분처럼 느껴진다.

연말이 되면 1년의 시간이 담긴 6분 남짓한 영상을 보는 일이 즐겁다.

무언가를 꾸준히 하는 건 쉽지 않다.

그래서 자기만의 미션으로 매일의 순간을 기록하고

새로운 것을 실천하는 사람들이 좋다.

'꽃 피우는 즐거움을 알게 되어 온몸에 가시가 있어도 행복해.'

오늘 선인장이 내게 이렇게 말했다.

잘 모른다고 두려워하지 않기.

틀린다고 부끄러워 말기.

어색하고 불편해도 숨지 않기.

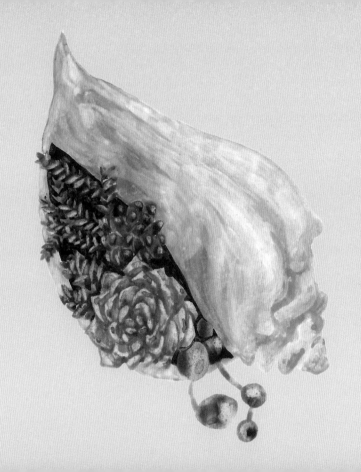

지금 나를 대신할 무언가를 찾아 헤맨다.

책의 글에서,

노랫말 속에서,

그림 속에서,

누군가의 말 속에서.

아치쿨라타 선인장 puntia Aciculata

친구가 "딱 네 스타일인데?" 라고 하면 괜히 "아닌데!" 라고 부정하고 싶다.

나의 취향이 쉽게 정해지는 게 싫다.

나, 너무 청개구리 같나.

나를 볼 때마다 "넌 착한 아이야"라고 말했던 사람이

어느 날 화를 내는 나를 보며

"의외네"라고 말했다.

처음엔 흘려들은 그 말을 신경 쓰다가도

내 모습을 고정시켜놓고 혼자 실망한 그를 신경 쓰지 않기로 했다.

상대에 따라 표현과 행동이 조금씩 달라지지만

웃고, 짜증 내고, 화를 내고, 친절하다가도

냉정해지는 것이 나의 모습이다.

모두에게 '착한' 이미지로 남을 필요는 없겠지.

사람들이 나를 다양하게 기억해주는 것이 좋다.

에린지움 플라눔

함께 있으면 떨어져 혼자 있고 싶고,

혼자 있으면 금세 누군가 그리워진다.

푸크시아

Fuchsia

좋다가도 싫어지고

하루에도 수십 번 변하는

마음이라는 것.

박쥐란　　　　　　　　　　　　　　　Sstaghorn Fern

아침이면 잘할 수 있다 다짐하다가도

저녁이 되면 절망하는 삶을 반복하고 있다.

데이토나 튤립

잠들지 못하는 밤.

식물들은 무슨 생각을 할까.

울적함에 아무것도 하고 싶지 않을 때,

보들레르의 시를 이야기하며 나를 위로하는 친구의 말.

"슬픔도 그대 알듯이 기쁨처럼 갑자기 연유를 모르게 오는데

우리는 기쁨이 어디서 오는지는 궁금해하지 않고

찰나의 즐거움만 즐기고 지나니 기쁨은 오래 곱씹어지지 않는다.

슬픔은 어디서 왔나 왜 왔나 끊임없이 궁금해하니

슬픔이 기쁨보다 더 길게 느껴지고 오래 괴롭다.

친구야 슬픔을 오래 곱씹지 말고

기쁨을 오래 궁금해하자."

그래, 슬픔을 깊게 곱씹지 말고

우리 기쁨을 오래 궁금해하자.

방크시아

행복과 기쁨은 언제 시작되는 걸까.

행복이나 즐거움이 누군가를 통해서가 아닌

나로부터 시작되었으면

내가 그런 좋은 기운을 가졌으면.

Part

3

산책의 정원

길 위의 식물

올리브 가지

식물에게 좋은 것은 사람에게도 좋지.

따뜻한 햇빛, 시원한 바람, 쏟아지는 비, 맑은 공기.

그리고 사랑받고 있다는 느낌.

열매를 심고 흙을 덮으며 토닥토닥 자신의 온기를 나눠주는 사람이 있다.

화분을 갈고 물을 주며 작은 나무판에 이름을 써놓는다.

이름이 뭐예요?

물어보는 사람이 나타나기를, 이 식물이 좋은 인연을 만나길 바라는 사람이 있다.

그리고 정말로 "이름이 뭐예요?" 물어보는 사람.

품에 꼬옥 안고 데려와 한참을 기분 좋게 바라보며 그림을 그리는 사람이 있다.

그런 사람들을 모두 지켜보는 식물이 있다.

알지 못하는 누군가와 연결된 느낌.

좋아하는 걸 좋아하는 일로 하고 있는 사람들,

그런 사람들이 좋아진다.

가을 낙엽

코끝이 간질간질 재채기가 나오고 눈을 비비기 시작한다.

아직 눈에 보이지 않는 계절의 변화를 먼저 알아차리는

민감한 몸이 힘들면서도 고맙다.

누군가는 무관심하게 맞이하는 변화를

나는 온몸으로 반응하고 환영하는 거니까.

가을이 좋다.

봄은 조금 소란스럽다.

가을 하늘은 유난히 높게 느껴지고 땅은 축축이 침잠하는 느낌.

그 사이를 산책하고,

서서히 붉고 노란 빛으로 채워가는 나무를 보는 게 좋다.

바스락거리는 발밑 소리를 듣고 마음에 드는 낙엽을 주우며

가지에서 떨어졌을 때 낙엽은 어떤 기분이었을까 생각해본다.

태어나고 자란 망원동 집 앞에는 큰 은행나무가 있다.

언제 심어졌는지는 모르지만, 내 나이보다 한참을 더 산 나무.

그렇다고 특별한 기억이 많은 건 아니다.

이웃들은 우리 집을 은행나무 집이라고 불렀고,

어릴 적 나무기둥에 줄을 묶고 고무줄놀이와 술래잡기를 했다는 것 정도.

잎이 노랗게 물들면 지금은 돌아가신 할아버지가 은행을 따주시던 기억.

나무의 기억력이 나보다 좋다면

'정말 그 많은 일들이 생각나지 않는 거야?'라며 툴툴댈지 모르겠다.

이사를 가며 집을 허물고 새 집을 짓는다는 이야기를 들었을 때

나무도 베어지겠지, 생각하며 아쉬워했다.

너무 빨리 마음속으로 포기했다.

'제발 나무를 베지 말아주세요'라고 부탁할 용기가 없었다.

조용하고 낡고 오래된 동네에 작은 음식점과 카페들이 생기고

주말이면 그 앞에 줄을 서는 사람들이 낯설다.

그래도 망원동, 가장 익숙한 좁은 골목으로 들어가면 어린 내가

뛰어다닌다.

그리고 은행나무가 거기에 있다.

예전과 달리 앙상해진 나무를 만지며

안부를 묻듯 떨어져 있던 서로의 시간과 기억을 펼쳐놓는다.

여전히 그 자리에서 소중한 추억을 지켜주는 나무가 고맙다.

망원동 은행나무가 사라지지 않았으면,

세상이 너무 많이, 너무 빨리 변하지 않았으면.

들꽃으로 만든 꽃다발

멀리 나루터가 보이고 한강을 따라 이름 모를 풀과 야생화로 둘러싸인 길.

강바람을 타고 꽃향기가 기분 좋게 퍼지는 길을 걸으며

들꽃 한 송이, 풀 하나 모으니 어느새 한 움큼이다.

'꽃다발 부케'는 중세 유럽에서 남자들이 사랑하는 여자에게 구애하기 위해

들판의 꽃을 꺾어 다발로 들고 간 데서 유래했다고 한다.

들꽃 향기가 나쁜 악령이나 질병으로부터 신부를 보호한다고 믿었단다.

꽃다발을 받은 여자는 남자의 구애를 허락하는 표시로

꽃 한 송이를 뽑아 남자의 가슴에 달아주고,

그 모습을 지켜보는 사람들에게도 한 송이 꽃을 나눠주며 행복과 행운을 나누었다.

그 자리 모든 사람들이 꽃을 들게 된다.

누군가를 사랑하는 한 사람의 마음이 꽃이 되고 그 꽃이 숲을 이룬다.

부케의 말은 라틴어로 Bosc, 작은 숲이다.

거리의 야생식물

〈거북이는 의외로 빨리 헤엄친다〉^{미키 사토시 감독, 2005}라는 일본영화를 좋아한다.

주인공 가정주부 스즈메^{우에노 주리}는 평범하다 못해 존재감이 없다.

남편은 전화를 걸어 "거북이 밥 줬느냐"고 물은 뒤 끊고,

스즈메가 거리를 다녀도 아무도 그녀에게 관심을 갖지 않는다.

이러다 자신이 사라지는 건 아닌지, 사라져도 아무도 모를 거라고 생각한다.

어느 날, 온종일 좋지 않은 일이 이어지다가 사과 더미에 깔리던 날.

스즈메는 계단에서 스파이를 모집한다는 포스터를 보게 된다.

삶에 새로운 무언가가 필요했던 그녀는 호기심을 안고 그들을 찾아간다.

뼛속까지 평범한 스파이 요원을 찾고 있었던 수상한 부부는 그녀를 마음에 들어 한다.

"평범해. 너무 평범해서 오히려 비범해 보여."

평범함을 노력한다는 것은 쉬운 일이 아니다.

스파이 요원인 라면집 아저씨는 늘 맛없는 라면도, 맛있는 라면도 아닌

어중간한 맛의 라면을 만들어왔다. 그것도 14년째.

너무 맛있게 만들면 사람들이 몰려들어 눈에 띄기 때문이란다.

그의 소원은 언젠가 자신의 실력대로 정말 맛있는 라면을 만들어보는 것이다.

느릿한 행동에 늘 웃는 얼굴인 두부가게 아저씨는 알고 보니 엄청난 총잡이다.

하지만 그 역시 진면목을 숨기며 생활한다.

그건 스즈메도 마찬가지다.

늘 반복하던 일상이 스파이 임무라고 생각하니 잠시 특별하게 느껴졌지만,

시장에 가는 것도, 마당에서 이불을 말리는 것도 왠지 신경 쓰인다.

평범함 속에 비범함을 숨기고 있는 사람들.

나는 식물에게서 그 모습을 발견한다.

벽돌, 구석 틈, 하수구 구멍, 때로는 과감히 가로등에 자리 잡은 식물들.

스치듯 지나가다 마주치는 식물들을 우리는 무심히 지나친다.

예쁘지도 않고 화려하지도 않고 향기롭지도 않은,

때로는 죽어 있는 듯한 식물들을 볼 때마다

이름이 있는지, 혹여 이름을 숨기고 있는 건 아닌지 궁금하다.

자신의 자리에서 자신이 원하는 삶의 방향으로 조용히 존재하는 식물들.

그들의 모습에서 기묘한 생명력을 느낀다.

내가 좋아하는 영화 제목처럼,

우리가 느리다고 알고 있는 거북이도 사실 빨리 헤엄치듯이

산책하며 우연히 발견하는 야생식물에게서

평범함과 더불어 비범함과 특별함을 느낀다.

2년 전, 나무해설가 선생님과 북촌을 걸었다.

너무나 익숙한 길을 선생님과 함께 걸으며

그동안 무심코 지나쳤던 나무와 꽃과 풀의 이야기를 들었다.

그중에서도 헌법재판소 뒤뜰에 있는

천연기념물 백송이 가장 기억에 남는다.

600살로 추정되는 우리나라에서 가장 오래된 백송.

10년 동안 50센티미터밖에 자라지 않는데,

17미터까지 자란 큰 백송은 더욱 귀하다고 했다.

기둥은 둘로 갈라져 서로 다른 하늘로 위태롭게 뻗어가고,

지지대가 두 기둥을 받쳐주고 있다.

나무 색은 백록색을 띠다가 세월이 더해지며 껍질이 벗겨져

점점 하얗게 변한다고 한다.

가까이 다가가 조심스럽게 나무를 살펴보니

오묘한 빛깔이 만들어낸 무늬가 빛을 받아 반짝이는 물결 같다.

오랜 시간 동안, 그리고 지금까지도 스스로의 몸을 다듬고 있는

나무는 내게 '그러니 서두르지 말라'고 속삭인다.

나는 어떤 껍질들을 천천히 벗겨낼 것인지,

그 안은 무슨 색일지, 그리고 어떤 삶의 결을 남기게 될지.

창과 그림자

아침에는 꿈꾸는 것 같고 낮에는 몽롱하고 밤이 되면 또렷해진다.

그래서 밤이 되면 천천히 많은 것들이 보인다.

몸은 피곤하지만, 시선이 4층 복도에서 멈춘 건

차가운 복도 벽에 빛을 모으는 누군가와 그림자를 모으는 누군가가

몰래 창을 만들고 꽃을 두고 갔기 때문.

식물이 있는 미술관

지치고 나약해질 때

복잡한 도심을 벗어나 훌쩍 떠나고 싶을 때

마음을 치유해주는 공간으로 간다.

그곳엔 좋아하는 것들이 모두 있다.

그림, 책, 커피, 그리고 식물.

2016년 9월, 보름 남짓 다녀온 첫 유럽 여행에서
오스트리아의 할슈타트Hallstatt라는 잊지 못할 곳을 만났다.
마을 전체가 유네스코 세계문화유산으로 지정된 이곳은
어느 곳에서 보아도 그림 같았다.
알프스산맥의 바위로 이루어진 산과
그 사이를 시원하게 흐르는 폭포,
손을 뻗으면 잡힐 듯 구름은 낮게 떠 있다.
그 아래 하얀 백조가 물안개를 가르며 호수를 산책하고 있었다.
계단에는 칸마다 여러 나라 언어로 새겨져 있는데 한국어도 있다.
'시간 여행'
내가 마을을 찾던 날은 비가 내렸는데,
그 비의 촉촉함이 풍경을 적셔 정말 다른 시간에 있는 듯했다.
이토록 아름다운 풍경에 살고 있다면
누구나 예술가가 되겠다 싶었는데,
마을의 집들을 보면서 확신이 들었다.

집마다 모양과 색이 다르고, 창과 문도 다르게 꾸며져서
그 속을 살아가는 사람의 취향과 개성이 고스란히 드러났다.
저마다 사연을 간직하고 있을 것 같은 작은 장식물로
아기자기하게 벽을 꾸민 집 앞에서는
아이들에게 동화책을 읽어주는
귀여운 할머니가 살고 있을 것 같았다.

할슈타트의 나무들

이곳 사람들의 식물 사랑도 곳곳에서 느껴졌다.

정성 들여 베란다에 꽃을 키우고 가꾼 집들이 많았다.

가파른 언덕과 좁은 길이 많아서일까.

유난히 집 벽에 바짝 붙어서 자라는 나무들이 많았다.

나무와 집이 묘하게 어우러진 자연 벽화를 보는 느낌이었다.

어떤 건축가는 집은 자연과 길이 만나야 하고,

땅과 직접적인 관계를 회복하며 주변과 관계를 맺는 거라고 하였다.

그의 말처럼, 유럽의 작은 호수마을은

자연과 사람이 하나의 풍경처럼 어우러져 있었다.

목화솜을 그리며

첫눈이 내리고, 거리에 캐럴이 들려온다.

해마다 한 해를 마무리할 때면 나만의 의식처럼

친한 친구들에게, 그동안 연락을 나누지 못했던 사람들에게

미안한 마음을 담아 카드를 만들어 좋아하는 시를 적어 보낸다.

올해는 어떤 그림으로 카드를 만들까 하다가

꽃가게에서 마주친 예쁜 목화솜 리스가 생각났다.

한 줄 한 줄 메시지를 쓰며 한 명 한 명을 생각한다.

우리가 해마다 선물 받는 열두 달.

누군가는 기억에 담으려 하고, 또다른 누군가는 어서 지나가길 바라는 힘든 시간.

그래도 12월은 우리에게 끝을 맺고 새롭게 시작하는 설렘을 주고,

내년에는 더 좋은 일이 생길 거라는 기대를 품게 한다.

그 아쉬움과 설렘, 기대를 카드에 꾹꾹 눌러 담아 보낸다.

푸른 돌과 모래

일본의 정원은 나무, 모래, 인공 언덕, 연못, 냇물을
특유의 미학으로 배치하여 자연을 정원에 담아놓고 즐긴다.
그래서 '액자식 정원'으로 부른다.
멀리 떨어져 축소된 자연을 그림처럼 감상하는 느낌.
홀로 떠났던 2월의 교토 여행은 아름다운 액자식 정원을 안겨주지 못했지만,
나는 생각하지 못했던 곳에서 깊은 감동을 받았다.
바로 료안지龍安寺에서 보았던 카레산스이枯山水 정원이었다.

돌과 모래로 산수를 표현하는 정원.
정원을 꾸밀 때 조경사뿐만 아니라 바위를 배치하는
숙련된 수도사도 있었다고 전해지는 곳.
료안지 정원은 15개 돌이 있는데, 돌들은 바다에 떠 있는 섬을 형상화하고,
돌 주변의 하얀 모래는 잔잔한 파도와 물결을 상징하고 있다.

나무와 꽃이 없어도 돌과 모래만으로 자연을 담는 료안지 정원처럼
시간이 지나도 변하지 않는 기본적이고 본질적인 것,
스스로 가치를 발산하는 것을 곁에 두고 싶다.
그렇게 나만의 정원을 만들고 싶다.

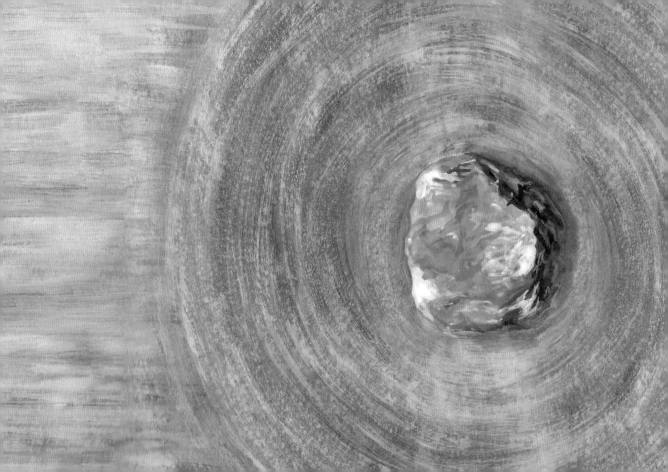

길에서 주운 것들

걷다보면 매일 새롭게 마주치는 자연의 얼굴.

산, 낮과 밤, 바다,
그리고 나무

모네는 지베르니에 온갖 꽃과 나무로 색채의 정원을 만들어

스스로 정원사가 되어 자신이 그리고 싶은 것을 눈앞에 두었다.

매일 새로운 비밀을 품은 산, 낮과 밤의 시간,

보이지 않는 깊은 바다에서 일어나는 작고 소소한 일,

오랜 시간을 살며 만나고 떠나보내는 나무를 생각한다.

그것들을 곁에 두고 오래오래, 자세히 바라보며 그리고 싶다.

다가오는 식물

초판 1쇄 인쇄 2017년 7월 7일
초판 1쇄 발행 2017년 7월 14일

지은이 백은영

펴낸이 윤동희

편집 윤동희
디자인 paper meets light
제작처 영신사(인쇄), 한승지류유통(종이)

펴낸곳 (주)북노마드
출판등록 2011년 12월 28일 제406-2011-000152호

주소 08012 서울특별시 양천구 목동서로 280 1층 102호
전화 02-322-2905
팩스 02-326-2905
전자우편 booknomad@naver.com
페이스북 /booknomad
인스타그램 @booknomadbooks

ISBN 979-11-86561-43-0 03810

○ 이 도서의 국립중앙도서관 출판예정도서목록(CIP)은 서지정보유통지원시스템
홈페이지(http://seoji.nl.go.kr)와 국가자료공동목록시스템(http://www.nl.go.kr/kolisnet)에서
이용하실 수 있습니다. (CIP 제어번호:CIP2017013852)

www.booknomad.co.kr